AF588965

POÉSIES

ADAM MICKIEWICZ

POÉSIES

Choix des plus anciennes traductions, faites par les écrivains français, contemporains du Poète.

PARIS
SOCIÉTÉ POLONAISE DES AMIS DU LIVRE
6, QUAI D'ORLÉANS (IVe)
1929

Deuxième Édition.

AVERTISSEMENT

Le présent recueil réunit pour la première fois un choix des plus anciennes traductions françaises des Poésies d'Adam Mickiewicz. La plus grande partie de ces traductions est due aux écrivains français, contemporains du Poète (1798-1855); exception a été faite pour la traduction du « Faris », qui est l'œuvre de Mme C. Jaenisch-Pavlof, amie de jeunesse de Mickiewicz.

L'ancienneté de ces traductions, dont les premières datent de 1830, la rareté des ouvrages, dont elles sont tirées et dont les notes bibliographiques donnent la description, augmentent l'intérêt de cette publication que la SOCIÉTÉ POLONAISE DES AMIS DU LIVRE A PARIS dépose, comme une gerbe de fleurs romantiques franco-polonaises, au pied du monument du grand poète polonais, créé par un grand sculpteur français.

JEAN-HENRI BURGAUD DES MARETS

1830

KONRAD WALLENROD

CHANT DU WAYDELOTE

Quand la peste va fondre sur la Lithuanie, l'œil d'un prophète l'aperçoit de loin ; car, s'il est juste d'avoir confiance dans les Waydelotes, souvent, au milieu des prairies et des cimetières déserts, leur apparaît la vierge de la peste, vêtue de blanc, la tempe ceinte d'une guirlande de feu, élevant son front au-dessus des arbres de Bialowiesse, et agitant dans sa main un mouchoir ensanglanté.

Les gardiens des châteaux cachent leurs yeux sous leurs visières, et les chiens des villages creusent et remuent la terre avec leur museaux, flairent la mort et poussent d'horribles hurlements.

La vierge s'avance d'un pas sinistre, à travers les campagnes, les châteaux et les villes opulentes. Autant de fois elle agite son mouchoir ensanglanté, autant elle change de palais en déserts ; sous chacun de ses pas croît une nouvelle tombe.

Sanglant pronostic !... mais ils présagent plus de désastres encore aux Lithuaniens du côté de l'Allemagne, ce casque surmonté d'une plume d'autruche et ce large manteau d'où se détache une croix noire.

Où ce spectre a porté ses pas, c'est peu des villages et des châteaux ravagés ; toute la terre s'engloutit dans un amas de tombeaux !... Ah ! que celui qui a pu conserver le cœur lithuanien vienne à moi : assis sur les tombeaux des nations, nous méditerons, nous laisserons couler nos chants et nos larmes.

O tradition populaire, toi, arche d'alliance... entre les anciennes et les jeunes années ! le peuple dépose en toi les armes des ses guerriers, le fil de ses pensées et la fleur de ses sentiments.

Arche !... nulle secousse ne te brisera, tant que tes propres peuples ne te déshonoreront pas ; ô chant populaire ! tu es le gardien du sanctuaire national des souvenirs ! souvent tu as les ailes et la voix des archanges, quelquefois même tu as les armes des archanges.

Les flammes dévorent l'histoire peinte, des brigands armés pillent les trésors, la chanson survit tout entière ; elle circule dans la foule du peuple, et si des âmes viles ne savent la nourrir de larmes et l'abreuver d'espérance, elle se réfugie dans les montagnes ; elle s'attache aux décombres, et de là rappelle les âges passés. Tel un rossignol, échappé des flammes d'un appartement embrasé, s'arrête un instant sur le toit : le toit croule ; il s'enfuit dans les bois, et de son gosier retentissant sur des cendres et des tombeaux, il module aux voyageurs une chanson de deuil.

J'écoutais les chansons... Plus d'une fois un paysan centenaire, heurtant les ossements avec le fer de la charrue, s'arrêtait et jouait sur sa flûte de saule les prières des morts, ou vous chantait des rimes larmoyantes, illustres pères... sans enfants... Les échos l'accompagnaient... moi, j'écoutais de loin... Ce spectacle, ce chant m'attristait d'autant plus, que j'étais seul pour voir et pour entendre.

Comme à l'heure du jugement, au son de la trompette de l'archange, se lèveront du tombeau les générations mortes ; ainsi, au retentissement de la chanson, les ossements que je foulais se ranimèrent et se réunirent en formes gigantesques... Du sein des décombres, s'élèvent des colonnes et des portiques ; les lacs déserts retentissent du bruit de milles rames... J'aperçois les portes des châteaux ouvertes, les couronnes des princes, les armures guerrières... Les bardes chantent... Les vierges dansent en cercle... Oh ! rêve divin !... mais quel affreux réveil!...

Déjà se sont éclipsées les forêts et les montagnes de ma patrie ; ma pensée, s'élevant sur des ailes fatiguées, retombe et se repose dans la paix des foyers domestiques... Le luth se tait entre mes mains glacées... au milieu des lugubres gémissements de mes frères, souvent je suis sourd à la voix du passé. Mais les étincelles de l'enthousiasme de la jeunesse pétillent au fond de mon cœur ; souvent elles y réveillent des flammes, raniment mon esprit et éclairent ma mémoire. Ma mémoire est alors comme une lampe de cristal embellie par le pinceau de charmantes images ; bien qu'écaillée et couverte de poussière, si l'on allume le flambeau dans son sein, elle ravira encore les yeux par la fraîcheur de ses nuances, elle déploiera encore sur les murs des palais ses tableaux enchanteurs, quoique brillant d'un moins vif reflet.

S'il était en mon pouvoir de verser les feux qui m'embrasent dans les cœurs de mes auditeurs et de ressusciter les figures des générations éteintes ; si je savais lancer des vers qui retentissent dans les cœurs de mes frères, peut-être encore, dans ce seul instant, attendris par le chant national, sentiraient-ils en eux leurs cœurs battre comme autrefois, sentiraient-ils en eux la sublimité des âmes de leurs pères et vivraient-ils un seul instant aussi grands que leurs ancêtres pendant toute leur vie ! Mais pourquoi évoquer les siècles passés ? Le chanteur n'accuse point son temps : car il existe un homme grand, vivant, non loin d'ici ; c'est à lui que je chanterai ; apprenez-le, ô Lithuaniens !

BOYER-NIOCHE

1831

DITHYRAMBE A LA JEUNESSE

Les peuples! que sont-ils? des squelettes aux fers.
Jeunesse! attache-moi tes ailes,
Que j'aille dominer ce caduc univers
Du haut des voûtes éternelles.
Là, vit l'illusion, brille le merveilleux ;
L'enthousiasme est là, qui seul de fleurs nouvelles
Inonde nos terrestres lieux ;
Par lui l'espérance rayonne ;
De traits d'or sa main la couronne.
Que celui qui, par l'âge, a le front sillonné,
Et tristement le penche vers la terre,
Reste dans le cercle borné
Que lui décrit sa débile paupière.

Mais toi, jeunesse! ô toi! que ton vol soit porté
Où plane l'aigle altier ; de ta perçante vue,
Comme un trait du soleil, pénètre l'étendue
Des sphères de l'humanité.
Au-dessous de tes pieds, vois une brume épaisse
Obscurcir cette masse offerte à tes regards,

Cette masse que la bassesse
Semble, comme un torrent, noyer de toutes parts :
Voilà la terre.
Sur ses livides eaux, vois-tu bien surnager
Certain reptile affreux qu'une coquille enserre ;
Navire en même temps, gouvernail et nocher,
Pourchassant devant lui de plus petits reptiles,
Il s'élance tantôt sur les vagues mobiles,
Tantôt il plonge au fond. La tempête jamais
Ne s'occupe de lui, ni lui de la tempête,
Et le monstre surnage... Mais
Voici qu'un récif lui fait tête ;
Il va se briser en éclats,
Et marquer aux enfers la place au despotisme ;
Aucun ne sut sa vie ainsi que son trépas :
C'est l'Égoïsme.

Le nectar de la vie est pour moi sans douceurs,
Quand, à vider sa coupe, isolé, je m'oublie.
La joie aux doux transports n'abreuve point les [cœurs,
A moins que de ses nœuds l'amitié ne les lie.

Rallions-nous, jeunes amis !
Que le bonheur de tous soit notre point de mire.
Enthousiasme saint, toi seul viens nous conduire :
Pour être forts, soyons unis.

Rallions-nous. Envions la mémoire
De celui qui tomba sous l'œil de la Victoire ;
Du trépas héroïque il fut un des élus,
Et, vers le temple de la gloire,
Son cadavre est pour nous un échelon de plus.

Rallions-nous. Mort à la servitude !
Si le chemin est difficile et rude,
Et si la violence avec la lâcheté
En disputent l'entrée... aux armes ! résistance !
Que sous nos coups pressés tombe la violence,
La lâcheté ! Terrassons, dès l'enfance,
Le monstre, en bégayant le nom de Liberté.

Celui qui de sa main étouffa la vipère,
Enfant encore au berceau,
Jeune homme, du lion revêtira la peau,
Ramènera sur la terre
Des mortels dévoués au séjour infernal,
Cueillera dans l'Olympe un laurier triomphal.

Où le regard est vain, toi, pénètre, jeunesse,
Romps ce que la raison sans toi ne romprait pas ;
Tu surpasses l'aigle en vitesse :
Comme la foudre, sont tes bras !

Rallions-nous. Que nos mains enlacées
D'indissolubles nœuds ceignent le monde entier ;
Concentrons, en un seul foyer,
Nos sentiments, nos esprits, nos pensées.
Vieil univers ! sors de tes fondements ;
Viens, que nous te poussions dans des routes nou-
[velles;
Allons, dépouille, il en est temps,
Une écorce pourrie ; il faut que tu rappelles
Les jours fleuris d'un éternel printemps.

Quand tout était chaos et ténèbres profondes,

Qu'au choc des éléments tout vint à s'ébranler,
Arrêtez ! s'écria l'architecte des mondes...
Les mondes sur leur axe apprirent à rouler,
L'ouragan à mugir, les ondes à couler,
Et la voûte des cieux se parsema d'étoiles.
De même, l'ignorance avait d'épaisses voiles
Couvert l'humanité. Dans cette nuit d'horreur,
Les passions luttaient. Mais d'un feu créateur,
Jeunesse, dans ton sein couvait une étincelle,
Qui ne cessait de te brûler.
Au monde qui se renouvelle,
L'amour est venu la souffler,
Et l'Amitié l'assied sur sa base éternelle.

Le rempart de glace est détruit,
Les préjugés grossiers font place à la lumière.
Et de la Liberté l'aurore enfin qui luit,
D'un soleil de beaux jours présage la carrière.

LE COMTE CHARLES DE MONTALEMBERT

1833

LIVRE DES PÈLERINS POLONAIS

Une certaine femme étant tombée en léthargie, son fils appela des médecins.

Les médecins dirent tous : Choisissons un d'entre nous pour la traiter.

Un des médecins dit : Je la traiterai d'après la doctrine de Brown ; mais les autres répondirent : C'est une mauvaise doctrine : il vaut mieux qu'elle reste en léthargie, et qu'elle meure, que d'être traitée d'après Brown.

Un autre dit : Je la traiterai d'après la doctrine de Hahneman ; et les autres répondirent : C'est une mauvaise doctrine : il vaut mieux qu'elle meure, que d'être traitée d'après la doctrine de Hahneman.

Alors le fils de la femme dit : Traitez-la comme vous voudrez, pourvu que vous la guérissiez.

Mais les médecins ne purent s'accorder, les uns ne voulant céder en rien aux autres.

Alors le fils poussa un cri de douleur et de désespoir : Oh ma mère ! Et la femme s'éveilla à la voix de son fils, et revint à la santé. Et les médecins furent chassés.

Il y en a parmi vous qui disent : Il vaut mieux que la Pologne reste dans la servitude, que de revivre par l'aristocratie ; et les autres disent : Il vaut mieux qu'elle reste dans la servitude, que de revivre par la démocratie ; et d'autres disent : Il vaut mieux qu'elle reste comme elle est, que d'avoir telles et telles frontières ; et ainsi de suite. Tous ceux-là sont des médecins, et non des fils, et ils n'aiment pas leur mère, la patrie.

Je vous le dis en vérité, ne recherchez pas quel sera le gouvernement de la Pologne ; il suffit que vous sachiez qu'il sera meilleur que tous ceux que vous connaissez. Ne méditez pas non plus sur ses frontières, car elles seront plus grandes qu'elles ne le furent jamais.

Et chacun de vous a dans son âme le germe des lois futures, et la mesure de frontières futures.

Plus vous corrigerez et agrandirez vos âmes, plus vous corrigerez vos lois, et plus vous agrandirez vos frontières.

BAZE

1833

A UNE MÈRE POLONAISE

O mère ! si les yeux de ton fils bien-aimé
    Brillent de l'éclat du génie :
Si déjà sur son front, à ton regard charmé,
Paraît l'antique honneur de sa noble patrie ;
Si de ses compagnons quittant l'essaim joyeux,
Il demande au vieillard ses chansons vénérées ;
Ou si des temps passés, tout plein de ses aïeux,
Il écoute, pensif, les annales sacrées ;
O mère ! de ton fils le loisir est perdu.
Qu'à de bien autres jeux il doit être assidu !
De Marie, à genoux, cours invoquer l'image,
La mère des douleurs t'armera de courage.
Vois le glaive sanglant qui déchire son sein,
D'un coup mortel aussi ton cœur doit être atteint ;
Car, avant que la paix soit donnée à la terre,
Avant que les partis fassent trêve à leur guerre,
Dans un combat sans gloire à périr condamné,
Sans résurrection martyr abandonné,
C'est le sort de ton fils. Apprends-lui de bonne heure
A méditer au fond d'une sombre demeure ;

Sur la claie étendant ses membres sans repos,
Respirant la vapeur des plus affreux cachots,
Aux reptiles hideux qu'il dispute leur couche ;
Et que jamais un cri s'échappant de sa bouche,
De colère ou de joie un mouvement trop prompt
Ne livre de son cœur le mystère profond.
Qu'il soit impénétrable à tous comme un abîme ;
Même de sa pensée on lui ferait un crime.
Que son discours soit lent, vague, à peine entendu,
Comme un accent plaintif que la tombe a rendu.
Que ses traits de son sort réfléchissent l'injure,
Et d'un serpent gelé qu'il ait l'humble figure.
Jésus, dans Nazareth, enfant prédestiné,
Portait déjà sa croix d'où le salut est né :
Du divin rédempteur ô bonté prévoyante !
O mère, écoute-moi, j'amuserais ton fils,
Du tragique tableau de ses destins promis.
Donne à ses faibles mains une chaîne pesante,
Une vile brouette à son ardeur naissante.
Il doit voir sans pâlir la hache du bourreau,
Et sans rougir, la corde et son fatal anneau,
Instruments préparés pour un prochain supplice ;
Car ton fils n'ira pas, comme les anciens preux,
Sous l'habit des croisés, avec un ciel propice,
Dans Solime arborer le signe glorieux ;
Ou de la liberté semant l'aire féconde,
Et du triple drapeau suivant les bataillons,
D'un sang versé pour elle abreuver les sillons.
Mais voici les travaux qu'attend de lui le monde,
Digne fin d'un vaincu rayé des nations :
D'un invisible espion le cartel le défie
Contre un juge parjure à défendre sa vie ;

Le champ clos de sa lutte est un cachot muet ;
Son puissant ennemi prononce son arrêt ;
Puis l'infamant poteau, marquant ses funérailles,
Dira qu'il n'est pas mort sous les feux des batailles ;
Pour monument funèbre il aura le gibet.
Et si tu veux savoir quelle sera sa gloire,
Et des siècles futurs ce qu'aura sa mémoire :
Quelques vains pleurs de femme, holocauste sans
[fruit,
Et de ses compagnons les longs discours de nuit.

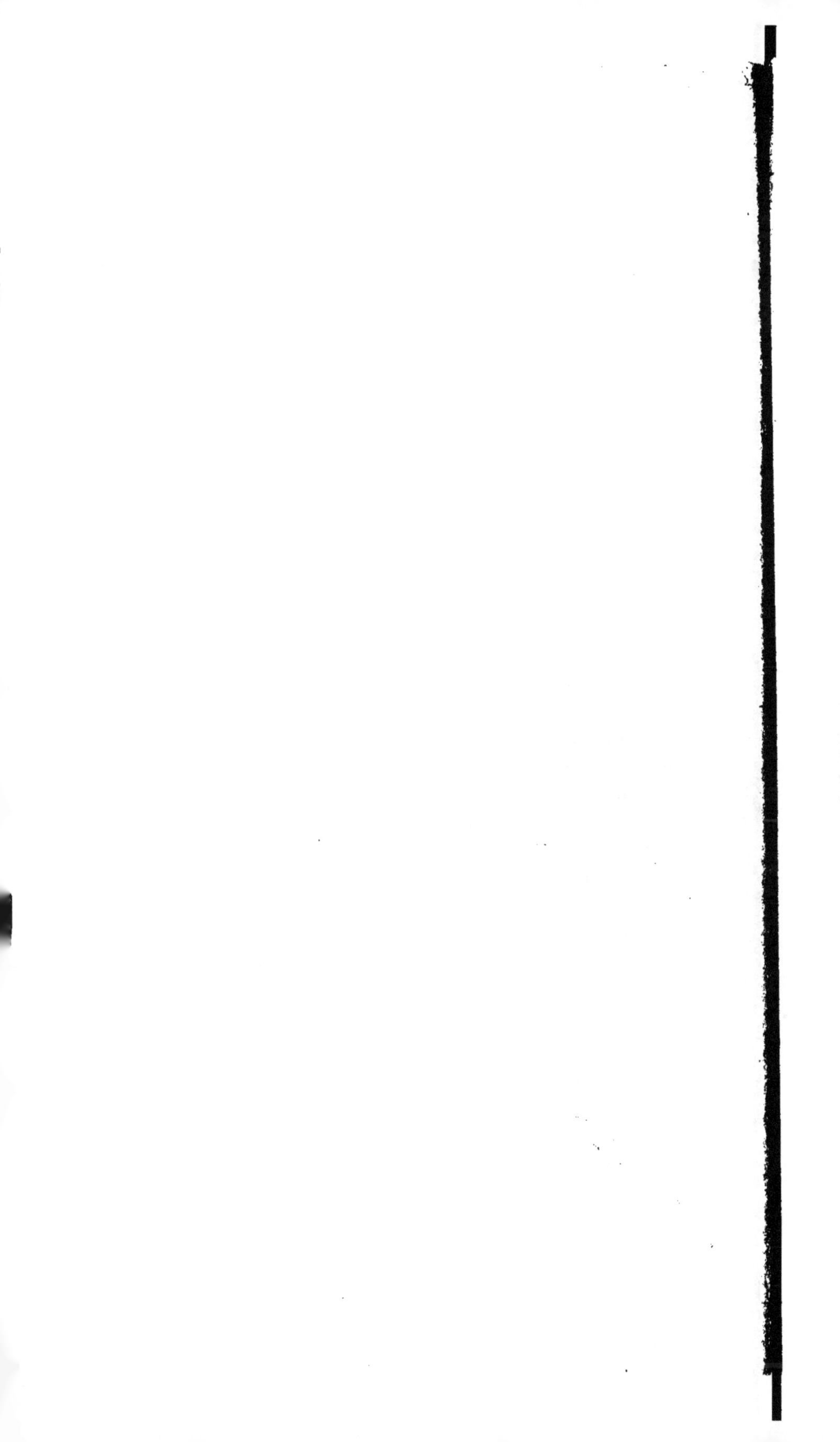

JEAN-HENRI BURGAUD DES MARETS

1834

DZIADY

IIIe PARTIE

IMPROVISATION DE KONRAD

Je suis seul !... et que m'importe la foule ? suis-je poète pour la foule ?... Où est l'homme qui embrassera toute la pensée de mes chants, qui saisira du regard tous les éclairs de leur âme ? Malheur à qui épuise pour la foule sa voix et sa langue... La langue ment à la voix et la voix ment aux pensées... La pensée s'envole rapide de l'âme avant d'éclater en mots, et les mots submergent la pensée et tremblent au dessus de la pensée, comme le sol sur un torrent englouti et invisible. Au tremblement du sol la foule découvrira-t-elle l'abîme du torrent, devinera-t-elle le secret de son cours ?

Le sentiment circule dans l'âme, il s'allume, il s'embrase comme le sang dans ses prisons profondes et invisibles. Les hommes découvriront autant de sentiment dans mes chants qu'ils verront de sang sur mon visage.

Mon chant, tu es une étoile au delà des confins du monde !... L'œil terrestre qui se lance à ta poursuite peut étendre ses ailes... jamais il ne t'atteindra... il frappera seulement ta voie lactée... Il devinera qu'il y a là des soleils, mais non quel est leur nombre et leur immensité !...

A vous, mes chants, qu'importent les yeux et les oreilles des hommes ? Coulez dans les abîmes de mon âme : brillez sur les hauteurs de mon âme, comme des torrents souterrains, comme des étoiles sur-lunaires.

Toi, Dieu ! toi, nature ! écoutez-moi !... Voici une musique digne de vous ; des chants dignes de vous ! — Moi grand-maître, grand-maître, j'étends les mains, je les étends jusqu'au ciel... je pose les doigts sur les étoiles, comme sur les cercles de verre d'un harmonica.

Mon âme fait tourner les étoiles d'un mouvement tantôt lent, tantôt rapide : des millions de tons en découlent ; c'est moi qui les ai tous tirés, je les connais tous, je les assemble, je les sépare, je les réunis, je les tresse en arcs-en-ciel, en accords, en strophes, je les répands en sons et en rubans de flammes.

J'ai relevé les mains, je les ai dressées au dessus des arêtes du monde, et les cercles de l'harmonica ont cessé de vibrer. Je chante seul, j'entends mes chants, longs, traînants comme le souffle du vent ; ils retentissent dans toute l'immensité du monde, ils gémissent comme la douleur, ils grondent comme des orages. Les siècles les accompagnent sourdement ! Chaque son retentit et étincelle à la fois ; il me frappe l'oreille, il me frappe l'œil : c'est ainsi que quand le vent souffle sur les ondes, j'entends son vol dans ses sifflemens, je le vois dans son vêtement de nuages.

Ce sont des chants dignes de Dieu, de la nature !... C'est un chant grand, un chant créateur !... Ce chant, c'est la force, la puissance ; ce chant, c'est l'immortalité... Je sens l'immortalité... j'enfante l'immortalité... Que pourrais-tu faire de plus grand, toi, Dieu ?... Vois comme je tire mes pensées de moi-même ; je les incarne en mots : elles volent, se disséminent dans les cieux, roulent, jouent et étincellent... Elles sont déjà loin, et je les sens encore, je savoure leurs charmes ; je sens leurs contours dans la main, je devine leurs mouvements par ma pensée : je vous aime, mes enfants poétiques !... mes pensées !... mes étoiles !... mes sentiments !... mes orages !... Au milieu de vous je me tiens comme un père au sein de sa famille, vous m'appartenez tous !...

Je vous foule aux pieds, vous tous, poètes, vous tous, sages et prophètes, idoles du monde ! revenez contempler les créations de vos âmes ! — Que vos oreilles et vos cœurs retentissent des justes et bruyants applaudissements des hommes, que vos fronts rayonnent de tout l'éclat de votre gloire ; et tous les concerts des éloges, tous les ornements de vos couronnes, recueillis dans

4

tant de siècles et de nations, ne vous procureront pas la félicité et la puissance que je sens aujourd'hui dans cette nuit solitaire, quand je chante seul au fond de mon âme, quand je ne chante que pour moi seul !

Oui, je suis sensible, je suis puissant et fort de raison : jamais je n'ai senti comme dans ces instants. — Ce jour est mon zénith, ma puissance atteindra aujourd'hui son apogée. Aujourd'hui je reconnaîtrai si je suis le plus grand de tous... ou seulement un orgueilleux. Ce jour est l'instant de la prédestination. — J'étends plus puissamment les ailes de mon âme. — C'est le moment de Samson, quand, aveugle et dans les fers, il méditait au pied d'une colonne. Loin d'ici ce corps de boue : esprit, je revêtirai des ailes !... Oui, je m'envolerai !... je m'envolerai de la sphère des planètes et des étoiles, et je ne m'arrêterai que là où se séparent le créateur et la nature.

Les voilà... les voilà... les voilà ces deux ailes... Elles suffiront... je les étendrai du couchant à l'aurore ; de la gauche je frapperai le passé, et de la droite l'avenir... je m'élèverai sur les rayons du sentiment jusqu'à toi !... et mes yeux pénètreront tes sentiments à toi, qui, dit-on, sens dans les cieux. Me voilà... me voilà : tu vois quelle est ma puissance ; — vois où s'élèvent mes ailes : je suis homme, et là sur la terre... est resté mon corps !... C'est là que j'ai aimé, dans ma patrie !... là que j'ai laissé mon cœur : mais mon amour dans le monde ne s'est pas reposé sur un seul être, comme l'insecte sur une rose ; il ne s'est reposé ni sur une famille, ni sur un siècle !... Moi j'aime toute une nation ; j'ai saisi dans mes bras toutes ses générations passées et à venir ; je les ai pressées ici sur le cœur, comme un ami, un amant, un époux, comme un père. Je voudrais rendre à ma patrie la vie et le bonheur, je voudrais en faire l'admiration du monde. Les forces me manquent et je viens les chercher ici : je viens ici, armé de toute la puissance de ma pensée, de cette pensée qui a ravi aux cieux la foudre, scruté la marche des planètes et sondé les abîmes des mers. J'ai de plus cette force que ne donnent pas les hommes ; j'ai ce sentiment qui brûle intérieurement comme un volcan, et qui parfois seulement fume en paroles.

Et cette puissance, je ne l'ai puisée ni à l'arbre d'Éden, dans le fruit de la connaissance du bien et du mal, ni dans les livres, ni dans les récits, ni dans la solution des problèmes, ni dans les mystères de la magie. Je suis né créateur. J'ai tiré mes fôrces d'où tu as tiré les tiennes, car toi, tu ne les as pas cherchées... tu les possèdes, tu ne crains pas les perdre... et moi je ne le crains pas non plus ! Est-ce toi qui m'as donné, ou bien ai-je ravi là où tu l'as ravi toi-même, cet œil pénétrant, puissant ? Dans mes moments de puissance, si j'élève les yeux vers les traces des nuages, si j'entends les oiseaux voyageurs naviguer à perte de vue dans les airs, je n'ai qu'à vouloir, et soudain je les retiens d'un regard comme dans un filet : la nuée fait retentir un chant d'alarme ; mais avant que je la lâche, tes vents ne l'ébranleront pas. — Si je regarde une comète de toute la puissance de mon âme, tant que je la contemple, elle ne bouge pas de place... Les hommes seuls, entachés de corruption, fragiles, mais immortels, ne me servent pas, ne me connaissent pas... Ils nous ignorent tous deux, moi et toi : moi je viens ici chercher un moyen infaillible, ici dans le ciel. Cette puissance que j'ai sur la nature, je veux l'exercer sur les cœurs des hommes : d'un geste je gouverne les oiseaux et les étoiles, il faut que je gouverne ainsi mes semblables ; non par les armes, l'arme peut parer l'arme ; non par les chants, ils sont longs à se développer ; non par la science, elle est vite corrompue ; non par les miracles, c'est trop éclatant : je veux les gouverner par le sentiment qui est en moi, je veux les gouverner tous, comme toi, mystérieusement et pour l'éternité ! — Quelle que soit ma volonté, qu'ils la devinent et l'accomplissent, elle fera leur bonheur ; et s'ils la méprisent, qu'ils souffrent et succombent ! — Que les hommes deviennent pour moi comme les pensées et les mots dont je compose à ma volonté un édifice de chants : on dit que c'est ainsi que tu gouvernes !... Tu sais que je n'ai pas souillé ma pensée, que n'ai pas dépensé en vain mes paroles ; si tu me donnais sur les âmes un pareil pouvoir, je recréerais ma nation comme un chant vivant, et je ferais de plus grands prodiges que toi, j'entonnerais le chant du bonheur !

Donne-moi l'empire des âmes. Je méprise tant cette construction sans vie, nommée le monde et vantée sans cesse, que je n'ai pas essayé si mes paroles ne suffiraient pas pour la détruire ; mais je sens que si je comprimais et faisais éclater d'un coup ma volonté, je pourrais éteindre cent étoiles et en faire surgir cent autres ! car je suis immortel !... Oh ! dans la sphère de la création, il y a bien d'autres immortels... mais je n'en ai pas rencontré de supérieurs ! Tu es le premier des êtres dans les cieux !... Je suis venu te chercher jusqu'ici, moi le premier des êtres vivants sur la vallée terrestre... Je ne t'ai pas encore rencontré. Je devine que tu es. Montre-toi et fais-moi sentir ta supériorité. Moi, je veux de la puissance, donne-m'en ou montre-m'en le chemin. J'ai appris qu'il exista des prophètes qui possédaient l'empire des âmes... je le crois... mais ce qu'ils pouvaient, je le puis aussi ! Je veux une puissance égale à la tienne ; je veux gouverner les âmes comme tu les gouvernes.

(Long silence). *(Avec ironie)*

Tu gardes le silence !... toujours le silence !... Je le vois, je t'ai deviné, je comprends qui tu es et comment tu exerces ta puissance ; il a menti celui qui t'a donné le nom d'Amour, tu n'es que Sagesse. C'est la pensée et non le cœur qui dévoilera tes voies aux hommes ; c'est par la pensée, non par le cœur, qu'ils découvriront où tu as déposé tes armes. Celui qui s'est plongé dans les livres, dans les métaux, dans les nombres, dans les cadavres, a seul réussi à s'approprier une, partie de ta puissance. Il reconnaîtra le poison la poudre, la vapeur ; il reconnaîtra les éclairs, la fumée, la foudre ; il reconnaîtra la légalité et la chicane contre les savants et les ignorants. C'est aux pensées que tu as livré le monde, tu laisses languir les cœurs dans une éternelle pénitence; tu m'as donné la plus courte vie et le sentiment le plus puissant ! *(Un moment de silence.)*

Qu'est mon sentiment ?
Ah ! rien qu'une étincelle.
Qu'est ma vie ?
Un instant.
Mais ces foudres qui gronderont demain, que sont-ils aujourd'hui ?
[Une étincelle.
Qu'est la série entière des siècles, que l'histoire nous révèle ?
[Un instant.
D'où sort chaque homme, ce petit monde ?
D'une étincelle.
Qu'est la mort qui dissipera tous les trésors de mes pensées ?
[Un instant.
Qu'était-il, Lui, quand Il portait le monde dans son sein ?
[Une étincelle.
Et que sera l'éternité du monde, quand il l'engloutira ?
[Un instant.

VOIX DES DÉMONS

Je sauterai sur son âme comme sur un cheval; marche, marche, au galop, au galop.

VOIX DES ANGES

Quel délire ! défendons-le ! défendons-le ! couvrons-lui les tempes de nos ailes !

Instant !... étincelle... quand il se prolonge

quand elle s'enflamme, ils créent et détruisent... Courage !... courage !... étendons, prolongeons cet instant, courage, courage !... éveillons, enflammons cette étincelle. — Maintenant... bien... oui... une fois encore, je te défie en ami, je te dévoile mon âme... Tu gardes le silence !... N'as-tu pas combattu Satan en personne ? Je te porte un défi solennel ! Ne me méprise pas !... Seul je me suis élevé jusqu'ici. Pourtant je ne suis pas seul : je fraternise sur la terre avec un grand peuple. J'ai pour moi les années et les puissances et les trônes ; si je me fais blasphémateur, je te livrerai une bataille plus sanglante que Satan ; il te livrait un combat de tête : entre nous ce sera un combat de cœur. J'ai souffert, j'ai aimé, j'ai grandi entre les supplices et l'amour ; quand tu m'eus ravi mon bonheur, j'ensanglantai dans mon cœur ma propre main, jamais je ne la levai contre toi !

LES DÉMONS	LES ANGES
Coursier, je te changerai en oiseau ; sur tes ailes d'aigle, va, monte, vole.	L'astre tombe, quel délire !... il se perd dans les abîmes.

Mon âme est incarnée dans ma patrie ; j'ai englouti dans mon corps toute l'âme de ma patrie !... moi, la patrie, ce n'est qu'un. Je m'appelle Million, car j'aime et je souffre pour des millions d'hommes. Je regarde ma patrie infortunée, comme un fils regarde son père livré au supplice de la roue ; je sens les tourments de toute une nation, comme la mère ressent dans son sein les souffrances de son enfant. Je souffre ! je délire !... Et toi, gai, sage, tu gouvernes toujours, tu juges toujours, et l'on dit que tu n'erres pas !... Écoute, si c'est vrai ce que j'ai appris au berceau, ce que j'ai cru avec la foi de fils ; si c'est vrai que tu aimes ; si tu chérissais le monde en le créant ; si tu as pour tes créatures un amour de père ; si un cœur sensible était compris dans le nombre des animaux que tu renfermas dans l'arche pour les sauver du déluge ; si ce cœur n'est pas un monstre produit par le hasard et qui meurt avant l'âge ; si sous ton empire la sensibilité n'est pas une anomalie ; si des millions d'infortunés criant « secours ! » n'attirent pas plus tes yeux qu'une équation difficile à résoudre ; si l'amour est de quelque utilité dans le monde, et s'il n'est pas de ta part une erreur de calcul...

VOIX DES DÉMONS

Que l'aigle se fasse hydre : je lui arracherai les yeux : au combat ! marche !... la fumée !... le feu !... les mugissements !... le tonnerre !...

VOIX DES ANGES

Comète vagabonde, issue d'un brillant soleil, où est la fin de ton vol ? Il est sans fin... sans fin...

Tu gardes le silence !... moi je t'ai dévoilé les abîmes de mon cœur. Je t'en conjure, donne-moi la puissance, une part chétive, une part de ce que sur la terre a conquis l'orgueil ! Avec cette faible part, que je créerais de bonheur ! Tu gardes le silence !... Tu n'accordes rien au cœur, accorde donc à la raison. Tu le vois, je suis le premier des hommes et des anges, je te connais mieux que tes archanges, je suis digne que tu me cèdes la moitié de ta puissance... réponds... Toujours le silence !... Je ne mens pas, tu gardes le silence, et tu te crois un bras puissant... Ignores-tu que le sentiment dévorera ce que n'a pu briser la pensée ? vois mon brasier, mon sentiment : je le resserre, pour qu'il brûle avec plus de violence ; je le comprime dans le cercle de fer de ma volonté, comme la charge dans un canon destructeur.

VOIX DES DÉMONS	VOIX DES ANGES
Flamme !... incendie !...	Pitié !... repentir!...

Réponds... car je tire contre ta nature ; si je ne la réduis pas en décombres, j'ébranlerai du moins toute l'immensité de tes domaines : je lancerai ma voix jusqu'aux dernières limites de la création : d'une voix qui retentira de génération en génération je m'écrierai que tu n'es pas le père du monde mais...

VOIX DU DIABLE

Le Czar !

(Konrad s'arrête un instant, chancelle et tombe.)

JEAN-HENRI BURGAUD DES MARETS

1834

LA SWITEZIANKA (1)

Quel est ce garçon jeune et beau ? et, près de lui, quelle est cette vierge ? Sur le bord des eaux livides de la Switeź, ils errent éclairés par la lune. Elle lui donne des framboises de sa corbeille, et il présente à la jeune fille des fleurs pour en tresser des guirlandes. Oh ! c'est bien l'amant de la jeune fille... et c'est bien son amante, à lui.

Chaque nuit, à la même heure, ils se réunissent sous ce mélèse. Le jeune homme est un chasseur des forêts voisines... Et qui est la jeune fille ?... Je l'ignore. — D'où sort-elle ? Nul n'a pu suivre ses traces. — Où se cache-t-elle ? Personne ne le découvrira. Comme une fleur des eaux on la voit surgir, comme un feu follet elle s'éclipse.

« Dis-moi, ma jolie, ma tendre fillette, pourquoi ce mystère ? Quelle route as-tu suivie pour

(1) Nom des nymphes qui, d'après une croyance populaire, habitent les eaux de la Switeź.

venir près de moi ? Où est ta maison ? Où sont tes parents ? L'année s'avance, la feuille jaunit ; voici venir la saison des pluies. Dois-je toujours t'attendre sur les bords sombres du lac ? — Dois-tu toujours, comme la craintive chevrette dans les bois, comme le spectre au milieu des ténèbres, poursuivre ta course vagabonde ? Demeure plutôt avec celui qui t'aime, demeure, ô ma chérie, avec moi. — Ma chaumière est près d'ici, au milieu de ces épais coudriers. Tu y trouveras en abondance des fruits, du miel et du gibier. »

« — Arrête, arrête, répond-elle, jeune téméraire ! je n'ai pas oublié ce que mon vieux père me disait souvent : L'homme a des paroles ravissantes sur les lèvres, et il couve dans son cœur des projets perfides. — Je crains plus ta perfidie que je n'ai de foi dans ton amour. Je pourrai céder à tes prières ; mais me seras-tu fidèle ? »

Le jeune homme tombe à genoux, jure par les puissances infernales et par la lumière sainte de la lune. Mais, observera-t-il son serment ?

« Observe-le, chasseur, observe-le ; car, malheur au parjure, pour la vie malheur ! et malheur à son âme damnée ! »

Elle dit, s'élance, pose sa guirlande sur son front, salue de loin le chasseur, et court légèrement par les prés.

En vain le chasseur se précipite sur ses pas... il ne peut l'atteindre. Elle disparaît comme l'haleine des vents... Il est seul.

Il est seul ! Il recule... la terre cède sous ses

pas ; le silence l'environne ; il n'entend que le bruissement des roseaux qu'il froisse dans sa course. Il promène ses pas errants, il lance ses regards errants. Le vent souffle à travers les bois, le lac s'enfle et s'agite.

Soudain l'abîme s'entr'ouvre ; ô prodige ! du sein des plaines argentées de la Switeź, apparaît une beauté virginale. Sa figure a la pâleur de la rose rafraîchie par les larmes du matin ; comme un nuage léger, un léger vêtement dessine ses formes célestes.

« Jeune homme, beau jeune homme, dit la vierge d'une tendre voix, pourquoi errer à cette heure sur les bords de la Switeź ? Tu regrettes la cruelle, la volage qui t'attire dans la forêt pour t'abandonner, pour te plonger dans les tourments, pour rire de toi. — Viens... je te consolerai. Laisse-moi chasser tes soupirs et tes chagrins ; viens à moi, oh ! viens à moi ; nous agiterons ensemble ces ondes de cristal. Veux-tu, comme une légère hirondelle, effleurer seulement la surface de l'onde, ou, vif et frétillant comme un poisson, veux-tu faire jaillir l'eau avec moi tout le jour ? Veux-tu, la nuit, sous une tente de cristal, reposer sur les lys moelleux des eaux, et t'endormir au milieu de visions célestes ? »

Soudain brille un sein de cygne. Le chasseur fixe sur la terre des yeux modestes... la vierge s'approche d'un bond léger, et : « Viens à moi, s'écrie-t-elle, viens à moi ! »

Elle livre au gré du vent ses pieds ailés, se pavane comme l'arc-en-ciel en décrivant un grand cercle, fend les ondes, et fait jaillir les gouttes argentées.

Le chasseur s'élance et s'arrête... Il voudrait se précipiter vers elle, et n'ose pas. Soudain une vague bleue lui caresse légèrement la plante des pieds ; elle le caresse, le séduit, le transporte comme la vierge pudique qui presse en secret la main de son amant.

Le chasseur oublie sa belle, foule aux pieds ses serments, et se précipite en aveugle dans l'abîme, séduit par de nouveaux appas.

Il court et regarde, il regarde et court : le voilà déjà loin du rivage, folâtrant au milieu du lac. — Il presse dans sa main une main de neige ; il plonge les yeux dans un visage céleste ; il poursuit de ses lèvres des lèvres de rose, et tournoie au dessus de la terre.

Soudain, au souffle du vent, tombe le nuage qui voilait la vierge. Le chasseur reconnaît la jeune fille... c'est la jeune fille de la forêt.

« Où sont tes serments ? où sont mes conseils ? s'écrie-t-elle. Malheur au parjure ! pour la vie malheur ! et malheur à son ame damnée !

« Ce n'est pas à toi qu'il appartient de folâtrer sur ces gouffres argentés ; la terre engloutira ton corps, et le sable éteindra le feu de tes yeux. Au pied de ce mélèse, ton âme attendra dix siècles ; les flammes éternelles la dévoreront, sans qu'on puisse les calmer. »

A ces mots, le chasseur promène ses pas errants, ses yeux sont hagards ; le vent souffle à travers la forêt, l'onde s'enfle et s'agite.

Elle s'enfle, s'agite et s'entr'ouvre, et la jeune fille et le jeune homme sont engloutis dans le gouffre béant.

Depuis, chaque jour, l'onde s'agite, écume ; depuis, on voit, à la lueur de la lune, errer deux ombres légères. C'est le jeune homme et la jeune fille.

Elle folâtre sur le lac argenté, il gémit sous ce mélèse. Quel est ce jeune garçon ? C'était un chasseur de la forêt voisine. Et quelle est cette jeune fille ?... Je l'ignore.

BOYER-NIOCHE

1839

I. LA TEMPÊTE

Le gouvernail n'est que débris,
Les voiles que lambeaux. La mer gronde. A l'orage,
En lamentables voix répond tout l'équipage.
Les pompes ont déjà fait entendre leurs cris,
Présage formidable, et le dernier cordage
S'est rompu. Le soleil tout sanglant s'est enfui ;
L'espérance luttait ; elle sombre avec lui.
Le vent hurle ; il triomphe. En mouvantes collines
La mer roule, au sommet surgit l'ange de mort,
Qui du vaisseau gagne le bord,
Comme un soldat montant à la brèche d'un fort,
Qui ne sera bientôt qu'un amas de ruines.
L'un est à demi mort ; l'autre se tord les bras ;
Celui-ci tombe aux pieds des amis qu'il embrasse ;
Celui-là pleure et prie en face du trépas,
Comme si le trépas devait lui faire grâce,
Un seul est isolé ; sombre, silencieux,
Heureux celui qui peut, se dit-il en lui-même,
Défaillir ou prier en ce moment suprême,
Ou bien de ses amis recevoir les adieux.

6

II. LES STEPPES D'AKERMAN

Je m'élance au milieu d'un océan nouveau :
Mon char plonge dans la verdure
Qu'il sillonne comme un vaisseau.
Au sein des flots de l'herbe, où Zéphire murmure,
Dans cette mer de fleurs que respecte la faux,
Du burzan épineux, j'évite les coraux.
Le crépuscule tombe, et déjà de la nuit
Par degrés s'étendent les voiles.
Ni chemin, ni colline. O ciel ! que tes étoiles
Viennent guider ma barque. Un nuage au loin luit ;
Une aurore paraît. C'est le Dniester qui brille ;
C'est d'Akerman le phare qui scintille.
Quel silence ! Arrêtons. Des oiseaux voyageurs,
Que ne sauraient de l'aigle atteindre les prunelles,
J'entends dans l'air frémir les ailes ;
J'entends les papillons se bercer sur les fleurs ;
Je sais où le serpent de ses lisses anneaux
Touche l'herbe. En ce calme, ô dieux ! à mon ouïe
Parviendrait une voix de la Lithuanie...
Mais personne n'appelle. Au galop, mes chevaux !

CAROLINE JAENISCH-PAVLOF

1839

LE FARIS

Telle, fuyant la terre, une barque rapide
S'élance de nouveau sur le cristal humide,
Embrassant le sein de la mer
De ses rames voluptueuses,
Glissant sur les eaux écumeuses,
Comme un cygne joyeux et fier :
Tel est l'Arabe errant, alors que, plein de joie,
Sur le vaste désert il lance son coursier,
Dont le pied sourdement dans les sables se noie,
Comme dans le flot clair plonge un fumant acier.

Déjà mon cheval intrépide
Nage sur cette mer aride,
Et comme un agile dauphin
Il fend déjà ces flots sans fin ;
Toujours plus fougueux en sa fuite,
Chassant le sable sous ses pas,
Toujours plus haut, toujours plus vite,
Franchissant les poudreux amas.

Mon bon cheval est noir comme un sombre nuage,
L'étoile sur son front luit comme un astre clair,
Il livre à tous les vents sa crinière sauvage,
Ses pieds blancs en leur vol lancent l'ardent éclair.

Mon bon cheval, suis ta carrière !
Les monts, les bois restent derrière !
Avec son feuillage flottant,
Le frais palmier en vain m'attend ;
Je le quitte en ma course prompte,
Le palmier s'enfuit plein de honte ;
Dans la verte oasis, il se cache à mon œil,
Et bruissant tout bas il rit de mon orgueil.

Aux confins du désert les pierres qui les gardent
Voient fuir le voyageur, et, sombres, le regardent,
Contrefaisant l'écho du galop passager
Et murmurant ainsi derrière l'étranger :

O l'insensé qui court si vite !
Là-bas il n'est rien qui l'abrite
Des dards du soleil rigoureux ;
Ni le palmier aux verts cheveux,
Ni des tentes la blanche toile ;
Là-bas il n'est pas d'autre voile,
Pas d'autre tente que les cieux :
Ce pays, les rocs seuls l'habitent,
Et les astres seuls le visitent.

Mais leur voix me menace en vain,
Je cours, je poursuis mon chemin ;

Et tournant mon regard tranquille,
Je les vois fuir en longue file,
L'une derrière, l'autre au loin,
Se cachant à l'œil du Bédouin.

Le vautour les ouït, et fut trop prompt à croire
Que je serais sa proie au milieu des déserts ;
Il étendit son aile, et vint, fendant les airs,
Trois fois ceindre mon front d'une couronne noire.

Je sens, croassa-t-il soudain,
L'odeur des morts et du festin :
Sot cheval ! cavalier peu sage !
Le cavalier cherche un chemin,
Le cheval cherche un pâturage.
Soins perdus ! efforts superflus !
Qui vient là ne retourne plus !
Le vent seul sur ces routes passe,
Emportant avec lui sa trace ;
Le reptile seul dans ce pré
Trouve la pâture à son gré ;
Ce pays, les morts seuls l'habitent,
Et les vautours seuls le visitent.

Il passait près de moi, poussant des cris hideux,
Et ses serres trois fois devant mes yeux brillèrent,
Et nos regards de feu trois fois se rencontrèrent,
Et le vautour eut peur, et s'enfuit dans les cieux :
Et quand je pris mon arc, je vis l'oiseau farouche
Flotter, tel qu'une tache, au milieu du ciel pur,

Grand comme le moineau, le papillon, la mouche,
Et se dissoudre enfin tout entier dans l'azur.

Mon bon cheval, suis la carrière !
Les noirs vautours restent derrière !

S'élançant tout à coup de l'occident vermeil,
Un nuage du soir se mit à ma poursuite ;
Il voulait, me voyant courir au loin si vite,
En vitesse là-haut se montrer mon pareil.
Au-dessus de ma tête, il planait dans l'espace,
Et le vent en sifflant, m'apporta sa menace :

O l'insensé qui court là-bas !
La soif y brûle la poitrine,
Le nuage n'arrose pas
Le front tout poudreux qui s'incline ;
Jamais de sa voix argentine
Le ruisseau n'y parle tout bas.
Avant que la rosée encore
Parvienne à cet aride sol,
Le vent affamé la dévore,
Dans l'air la saisissant au vol.

Je cours, sans m'effrayer de ses menaces vaines ;
Et le nuage blanc par degrés se lassa,
Toujours de plus en plus sa tête s'abaissa,
Enfin il s'appuya sur les pierres lointaines ;
Et quand je lui lançai mon regard dédaigneux,
Tout l'espace d'un ciel était entre nous deux.
Son visage trahit ce qu'il eût voulu taire :
Il devint rouge de colère,

Il jaunit d'envie et de fiel,
Puis, derrière un mont solitaire,
Tout noir, il se cacha dans son dépit mortel.

Mon bon cheval, suis ta carrière !
Les nuages restent derrière !

Et mon œil, soleil radieux,
Parcourut l'espace, à la ronde,
Et sur la terre et dans les cieux
Nul coureur ne suivait ma course vagabonde.
Jamais, au son d'humaines voix,
La nature ici ne s'éveille,
Ici chaque élément sommeille,
Tel que les animaux des bois,
Dont l'essaim ne prend pas la fuite,
Voyant approcher de leur gîte
L'homme pour la première fois.

Dieu ! je ne suis pas seul ! j'aperçois des clôtures,
Un camp. Qui sont ceux-là qu'en ces lieux je sur-
[prends ?
Des brigands embusqués ?... des voyageurs er-
[rants ?...
Les cavaliers sont blancs, blanches sont leurs
[montures,
D'une horrible blancheur reluisent tous ces corps ;
J'appelle, tout se tait ; j'accours, ce sont des morts.
Ancienne caravane au désert demeurée,
Par le vent enfin déterrée :
Des squelettes silencieux
Sont assis sur d'autres squelettes ;

A travers leur bouches muettes,
A travers leurs orbites creux
Le sable ruisselle et murmure
Des sons confus de triste augure.
Homme insensé ! n'avance pas !
Les ouragans règnent là-bas !

Je cours ! la peur m'est étrangère !
Mon bon cheval, suis ta carrière !
L'ouragan restera derrière !

L'ouragan, le plus grand ravageur africain,
Se promenait tout seul sur la mouvante arène :
Il me vit accourir, et m'aperçut à peine
Qu'il s'arrêta surpris, et qu'il mugit soudain :
Quel est ce tourbillon, l'un de mes jeunes frères,
Qui vient, d'un vol si bas, d'un aspect si chétif,
Envahir, au mépris de mon droit exclusif,
Mes domaines héréditaires ?
Il dit, et s'élança, colosse destructeur !
Voyant que j'étais homme et que j'étais sans peur,
De son pied redoutable il ébranla la terre,
Il répandit l'effroi dans l'Arabie entière,
Et comme le griffon prend l'oiseau dans sa serre,
Il me saisit avec fureur.
Il me brûla de son haleine ardente,
Il m'abattit de son aile puissante,
Il m'enleva victorieux,
Il m'accabla d'amas poudreux.
Je le combats avec courage,
Je mords ses membres sablonneux,
Je les déchire, plein de rage...

L'ouragan voulut fuir, et fit de vains efforts ;
S'arrachant à moitié de mon bras redoutable,
Il retomba d'en haut en larges flots de sable,
Et tel qu'un long rempart dont le flot bat les bords,
Il étendit enfin son gigantesque corps.
Et je repris haleine, et je levai la tête,
Et, fier, je regardai les étoiles des cieux :
Toutes fixaient sur moi leurs regards radieux,
    Car j'étais seul sur la terre muette.

Qu'il est doux d'aspirer, de ses poumons puissants,
        Les fraîches brises de la plaine !
J'aspire largement leurs souffles bruissants ;
        Tout l'air dont l'Arabie est pleine
        A mon sein peut suffire à peine.
Qu'il est doux de pouvoir, de ses regards puissants,
De l'immense désert parcourir la surface !
Mes yeux se sont ouverts, lucides et perçants,
Plus loin que l'horizon ils plongent dans l'espace.
Oh ! qu'il est doux d'étendre ici ses bras puissants !
Le cœur plein de tendresse ineffable et profonde,
J'étendis mes deux bras pour embrasser le monde.
S'élançant comme un dard dans le ciel calme et pur,
Ma pensée y vola jusqu'au faîte d'azur.
Et comme, tout à coup, l'abeille poursuivie
Avec son aiguillon enfonce aussi sa vie,
Telle, avec ma pensée au vol audacieux,
Mon âme se plongea dans l'abîme des cieux.

EUGÈNE CASSIN

vers 1840

LA MORT DU COLONEL

Des chasseurs polonais la verte compagnie
Dans la sombre forêt s'arrête tristement.
Dans la chambre du garde, en proie à l'agonie,
Leur vaillant colonel est couché maintenant.
De nombreux paysans des campagnes prochaines
Accourent ; ce doit être un chef bien glorieux,
Bien puissant, car la mort, en glissant dans ses
[veines,
Jette dans les cœurs les plus lugubres peines
Et des larmes dans tous les yeux.

« Mes braves compagnons, qu'on selle
« Mon destrier noble et fidèle,
« Amant des combats glorieux !
« Avant que la mort me surprenne,
« Je veux le voir. Ah ! qu'on l'amène
« Une dernière fois à mes yeux.

« Donnez-moi mon couteau de guerre
« Et ma ceinture militaire
« Et mes pistolets ; vieux soldat,
« Je veux qu'en la mort je m'endorme,
« Revêtu de mon uniforme,
« Tenant mes armes de combat !

Mais lorsque le cheval fut sorti, le vieux prêtre
Donna le corps sacré du Sauveur au mourant,
Et les soldats, sentant le deuil qui les pénètre,
Avec les paysans priaient dévotement.
Même ces vieux faucheurs, héros au cœur austère,
Ces fils de Kosciuszko, qui du sang ennemi
Et du leur si souvent avaient rougi la terre
Sans pleurer, aujourd'hui, dans leur regret sincère
Couvraient de pleurs leur teint blêmi.

Quand du matin sonna la cloche,
Devant le Russe qui s'approche
Les chasseurs quittent la forêt.
En proie au chagrin qui le navre,
Le peuple alors voit le cadavre
Du colonel qu'il adorait.

Sa tête est saintement baissée
Vers la croix dans ses mains placée ;
Il est vêtu de son manteau,
Son front sur la selle s'élève,
A ses flancs est pendu son glaive,
Il est couché sur un drapeau.

Mais pourquoi donc ce chef, sous ses habits de
[guerre,
Laisse-t-il deviner ce corps harmonieux ?
Et ces seins aux contours si purs, si gracieux ?
O ciel ! c'est une vierge, et ce chef militaire,
Ce jeune colonel, guerrier si valeureux,
Est du comte Plater l'enfant la plus chérie,
C'est sa fille Emilie !

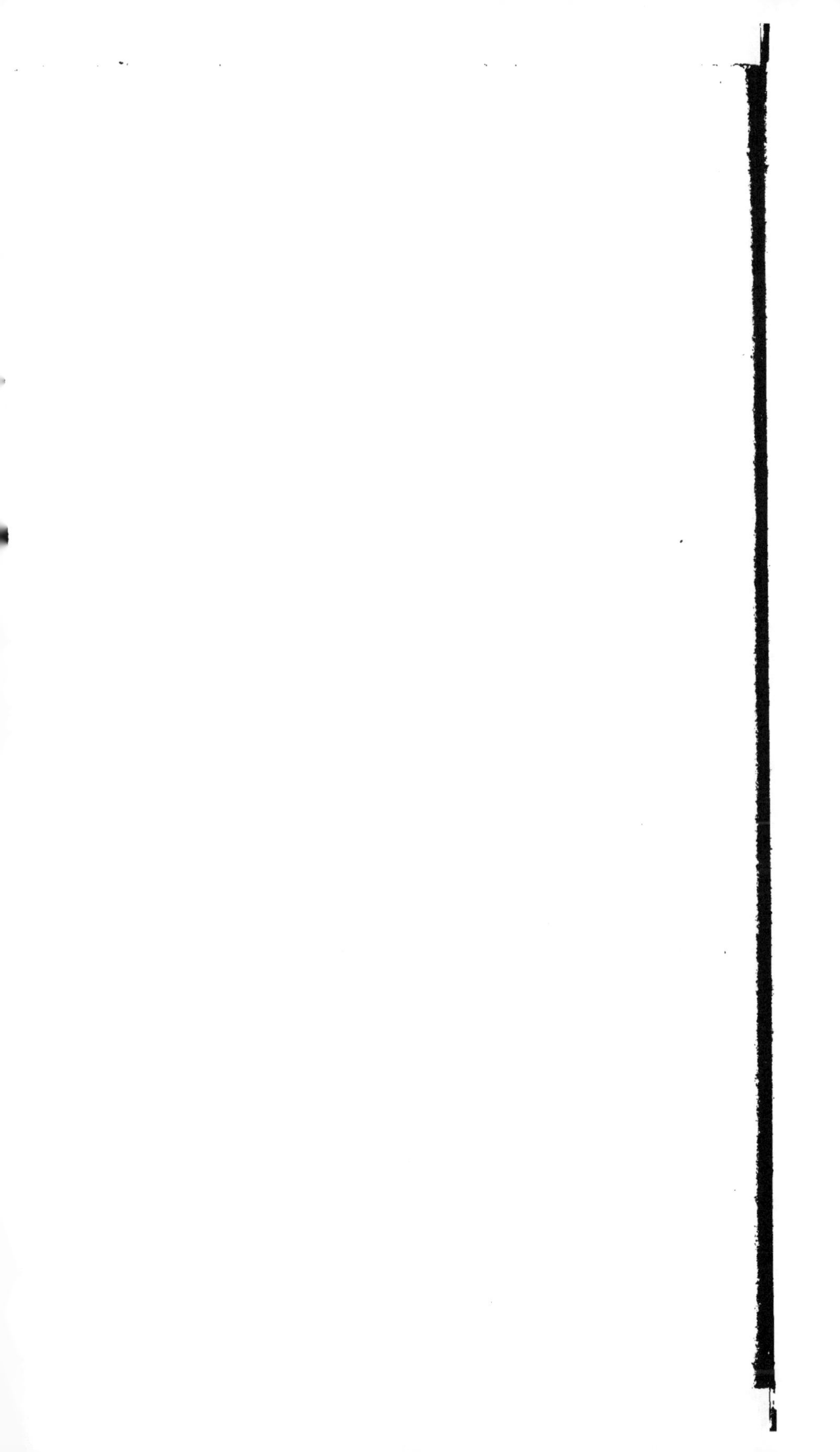

PIERRE-NAPOLÉON BONAPARTE

le 10 juillet 1863

DO MATKI POLKI

Mère du Polonais ! lorsque tu vois la trace
Du génie ennoblir le regard de ton fils ;
Quand son front juvénile a rayonné d'audace,
Tu reconnais le sang des héros du pays.

Et quand, morne, inclinant sa tête intelligente
Il fuit ses compagnons et déserte leurs jeux
Pour écouter la voix du vieillard qui lui chante
Le surprenant récit des hauts faits des aïeux,

Quel vain amusement est-il qui lui convienne ?...
Regarde la Madone, et tombe à ses genoux.
Sa douleur inouïe est égale à la tienne,
Et le fer qui la frappe a pour toi d'autres coups.

Car, tandis que la paix fera fleurir le monde,
Et que peuples et rois et cultes s'allieront,
Ton fils, que l'on provoque à la lutte inféconde,
Succombera martyr, sans résurrection.

Dans un antre écarté commande-lui qu'il aille,

Comme un reptile impur, ramper, et méditer,
Rongé par la vermine, étendu sur la paille,
Dans un air vicié, souffrir et végéter.

Là, dévoré de haine, il apprendra sous terre
A cacher sa pensée aux abîmes sans fond,
A tuer par des mots entourés de mystère,
A cuver le venin avec le calme au front.

Avec la Croix, salut de notre espèce humaine,
Jésus,encore enfant, parut dans Nazareth ;
O mère ! que ton fils s'habitue à la peine,
Que ses maux à venir lui servent de jouet ;
[fance ;
Que la chaîne ait meurtri ses mains dès son en-
Qu'il apprenne à traîner l'infâme tombereau ;
Qu'il arrive sans honte au pied d'une potence ;
Qu'il brave, en ricanant, la hache du bourreau !

Car ils sont loin ces jours où la chevalerie,
Aux lieux saints, de son sang arrosait les sillons ;
Et ces jours ne sont plus, qu'une libre patrie
Consacrait aux exploits de ses fiers bataillons.

Livré sans défenseur à des juges parjures,
Les espions vendront sa tête mise à prix.
Ses épreuves seront un cachot, des tortures,
Et son dernier champ-clos le fossé d'un glacis.

Vaincu, pour monument il aura sur sa tombe,
Au lieu de croix, les bras décharnés du gibet,
Et le tribut qu'on donne à celui qui succombe,
D'une larme éphémère et d'un banal regret.

PROSPER MÉRIMÉE

15 septembre 1869

LES TROIS FILS DE BOUDRYS

Dans la cour de son château, le vieux Boudrys appelle ses trois fils, trois vrais Lithuaniens comme lui. Il leur dit :

« Enfants, faites manger vos chevaux de guerre, apprêtez vos selles, aiguisez vos sabres et vos javelines.

On dit qu'à Wilno la guerre est déclarée contre les trois coins du monde. Olgerd marchera contre les Russes ; Skirghello contre nos voisins les Polonais ; Keystut tombera sur les Teutons.

Vous êtes jeunes, forts, hardis ; allez combattre : que les dieux de la Lithuanie vous protègent ! Cette année, je ne ferai pas campagne, mais je veux vous donner un conseil. Vous êtes trois, trois routes s'ouvrent à vous.

Qu'un de vous accompagne Olgerd en Russie, au bord du lac Ilmen, sous les murs de Novgorod. Les peaux d'hermine, les étoffes brochées, s'y trouvent à foison. Chez les marchands autant de roubles que de glaçons dans le fleuve.

Que le second suive Keystut dans sa chevauchée. Qu'il mette en pièces la racaille porte-croix ! L'ambre, là, c'est leur sable de mer ; leurs draps, par leur lustre et leurs couleurs, sont sans pareils. Il y a des rubis dans les vêtements de leurs prêtres.

Que le troisième passe le Niémen avec Skirghello. De l'autre côté, il trouvera de vils instruments de labourage. En revanche, il pourra choisir de bonnes lances, de forts boucliers, et il m'en ramènera une bru.

Les filles de Pologne, enfants, sont les plus belles de nos captives. Folâtres comme des chattes, blanches comme la crème ! sous leurs noirs sourcils, leurs yeux brillent comme deux étoiles.

Quand j'étais jeune, il y a un demi-siècle, j'ai ramené de Pologne une belle captive qui fut ma femme. Depuis longtemps, elle n'est plus, mais je ne puis regarder de ce côté du foyer sans penser à elle ! »

Il donne sa bénédiction aux jeunes gens, qui déjà sont armés et en selle. Ils partent ; l'automne vient, puis l'hiver... Ils ne reviennent pas. Déjà le vieux Boudrys les tient pour morts.

Vient une tourmente de neige ; un cavalier s'approche, couvrant de sa bourka noire quelque précieux fardeau.

— C'est un sac, dit Boudrys. Il est plein de roubles de Novgorod ?...

— Non, père. Je vous amène une bru de Pologne.

Au milieu d'une tourmente de neige, un cavalier s'approche et sa bourka se gonfle sur quelque précieux fardeau.

— Qu'est cela, enfant ? De l'ambre jaune d'Allemagne ?

— Non, père. Je vous amène une bru de Pologne.

La neige tombe en rafales ; un cavalier s'avance, cachant sous sa bourka quelque fardeau précieux... Mais, avant qu'il ait montré son butin, Boudrys a convié ses amis à une troisième noce.

NOTES BIBLIOGRAPHIQUES

1. Page 9. Traduction extraite du volume : KONRAD WALLENROD. *Roman historique traduit du polonais d'A. Mickiewicz. Paris, Gagniard, libraire-éditeur, quai Voltaire, n.* 15. *A.-J. Dénain, libraire, rue Vivienne,* n. 16. 1830. — *Imprimerie de J. Tastu, rue de Vaugirard, n.* 36. — 1 vol. petit in-12 (9 cm. × 12 cm.) ; 2 ff. non chiffrés, XI pp. de préface du traducteur, non signée, 1 p. blanche, 163 pp. chiffrées, 1 p. blanche, couverture. Le « Chant du Waydelote » y occupe les pp. 63-70. La traduction, anonyme, est de Jean-Henri Burgaud des Marets (cf. : Camille Beaulieu, *Vie et travaux de Burgaud des Marets, philologue, bibliophile et poète saintongeais.* La Rochelle, Éditions Rupella, Imprimerie de l'Ouest, 1928, in-8°).

2. Page 13. Publié pour la première fois en feuille volante : *Au profit des Polonais.* DITHYRAMBE A LA JEUNESSE, *traduit du poète polonais Adam Mickiewicz, par M. Boyer-Nioche, Auteur des Fables philosophiques et politiques, dédiées au général Lafayette, ami de Kosciuszko. Hommage à la Jeunesse des Ecoles.* — (à la fin :) *Typographie de J. Pinard, Imprimeur des Œuvres de Krasicki, de Mickiewicz, etc., rue d'Anjou-Dauphine, n. 8, à Paris.* — 4 pages chiffrées (13 cm. × 20 cm.). Réimprimé ensuite dans le volume de Boyer-Nioche « La Pologne Littéraire », p. 91-95 (Voir note 7).

3. Page 17. Traduction extraite du volume : LIVRE DES PÉLERINS POLONAIS, *traduit du polonais d'Adam Mickiewicz, par le Comte Ch. de Montalembert ; suivi d'un Hymne*

à la Pologne, par F. de La Mennais. Paris. Eugène Renduel, rue des Grands-Augustins, 22. 1833. — (au verso du faux-titre :) *Se trouve à Lyon : Chez Sauvignet, grande rue Mercière. A Bruxelles : Louis Haumann et Comp. Imprimerie et fonderie de A. Pinard, quai Voltaire,* 15, *à Paris.* — 1 vol. petit in-12 (9 cm. × 14,5 cm.) ; 2 ff. non chiffrés, LXXV pp. d'*Avant-propos du Traducteur,* daté et signé : *Paris,* 21 *avril* 1833. *Ch. de Montalembert,* 1 p. blanche, 176 pp. chiffrées. Le morceau, reproduit ici, est le chapitre XX (pp. 136-138).

4. Page 19. Publié pour la première fois en feuille volante : A UNE MÈRE POLONAISE. *Traduit du polonais du poète Adam Mickiewicz Par M. Baze, Avocat à Agen.* — *Imp. de Quillot, à Agen* — (sans date). — 1 feuillet (18 cm. × 23 cm.), imprimé d'un seul côté, à deux colonnes. Réimprimé ensuite dans la revue : *Le Polonais, Journal Des Intérêts de la Pologne. Dirigé par un Membre de la Diète polonaise. La nationalité polonaise ne périra pas. Tome troisième. Paris. Au Bureau du Journal, rue Notre-Dame-des-Victoires,* 34. 1834. — (au verso du titre :) — *Typographie de A. Pinard, quai Voltaire,* n° 15. — 1 vol. in-8° (21 cm. × 12,5 cm.), 384 pp. ; livraison du mois d'août 1834, pp. 88-90.

5. Page 23. Traduction extraite du volume : DZIADY OU LA FÊTE DES MORTS, *Poème traduit du polonais d'Adam Mickiewicz.* 2e *et* 3e *parties. Paris, Clétienne, rue du fg. Poissonnière, n°* 33 *bis.* 1834 — (au verso du faux-titre :) — *Typographie de A. Pinard, quai Voltaire,* 15. — 1 vol. petit in-8° (13 cm. × 17,2 cm.) ; VII pp. de titre et de préface du traducteur, non signée ; 1 p. blanche, 174 pp. chiffrées, couvertures. « L'Improvisation de Konrad » y occupe les pp. 63-79. La traduction, anonyme, est de Burgaud des Marets (voir note 1).

6. Page 35. Publié dans la revue « *Le Polonais* », tome 3 (voir note 4), pp. 31-34 (livraison de juillet 1834). La traduction, anonyme, est de Burgaud des Marets (voir note 1).

7. Page 41. Traduction extraite du volume : La Pologne littéraire. *Traductions et Imitations en vers de Krasicki, Niemcewicz, Brodzinski, Mickiewicz, etc. Précédées d'un Précis historique de la Littérature Polonaise, ancienne et moderne, et suivies de Poésies diverses, satires politiques, contes, fables, épigrammes, ainsi que de notes historiques, biographiques et littéraires ; par Boyer-Nioche, Auteur des Fables philosophiques et politiques, d'une Traduction en vers des Fables de Phèdre, etc., etc. Paris. Paulin, libraire-éditeur, rue de Seine, n.* 33. 1839. — (au verso du faux-titre :) *La Littérature d'un peuple est la mesure de ses facultés intellectuelles. Imprimerie de Maulde et Renou, Rue Bailleul,* 9-11. — 1 vol. in-12 (11 cm. × 18,5 cm.) ; 2 ff. non chiffrés, 270 pp. chiffrées, couverture. Les traductions reproduites ici, s'y trouvent : « La Tempête », p. 125-126, « Les Steppes d'Akerman », p. 129-130.

8. Page 43. Traduction extraite du volume : Les Préludes, *par Mme Caroline Pavlof, née Iaenisch. Paris, Typographie de Firmin Didot Frères, Imprimeurs de l'Institut, rue Jacob,* 56. *M DCCC XXXIX.* — 1 vol. in-8° (22 cm. × 14 cm.) ; xii pp. de titre et d'*Avant-propos* de L. de Ronchaud, 98 pp. chiffrées, 1 feuillet blanc, couverture. La traduction du « Faris » y occupe les pages 21-29.

9. Page 51. Traduction inédite, tirée du manuscrit original de Eugène Cassin, conservé à la Bibliothèque Polonaise à Paris, intitulé : « Polonaises. *Poésies par Eugène Cassin (imitées d'Adam Mickiewicz) A mes compatriotes du Nord. Eugène Cassin.* » Un cahier de 15 feuillets de papier réglé, de format oblong (23 × 18 cm.) ; 2 ff. non-

chiffrés, contenant titre et table, et 26 pp. chiffrées, couverture ; sur la couverture, on lit l'inscription : « *Polonaises. A mon excellent ami Eustache Januszkiewicz son dévoué Eugène Cassin.* » « La Mort du Colonel » y occupe les pp. 9-11.

10. Page 55. Traduction publiée en plaquette : *Traduction libre du* Do MATKI POLKI *de Mickiewicz. Paris. Imprimerie administrative de Paul Dupont, rue de Grenelle-Saint-Honoré,* 45. 1864 — datée au début : *Paris,* 10 *juillet* 1863, et signée à la fin : *P.-N. B.* — 1 plaquette in-8° (20,5 cm. × 13 cm.) ; 7 pp. chiffrées, 1 page blanche.

11. Page 57. Traduction, insérée dans le texte de la nouvelle : « LE MANUSCRIT DU PROFESSEUR WITTEMBACH », publiée pour la première fois à la « *Revue des Deux-Mondes* » du 15 septembre 1869 (XXXIXe année, seconde période, tome quatre-vingt-troisième), pp. 257-290 (« Les Trois Fils de Boudrys » y occupent les pp. 266-268). Cette nouvelle, sous le titre de « *Lokis* », a été réimprimée ensuite dans toutes les éditions des « *Dernières Nouvelles* » de Prosper Mérimée.

TABLE DES MATIÈRES

Le livre : ADAM MICKIEWICZ, POÉSIES, est le cinquième ouvrage publié par la Société Polonaise des Amis du Livre à Paris ; les textes ont été choisis par M. Stanisław Piotr Koczorowski, son président, avec le concours du Comité de direction de la Société. L'Avertissement, les Notes et la présentation typographique sont dus aux soins de M. Stanisław Piotr Koczorowski. Les vignettes ont été dessinées par Bernard Naudin et reproduites en galvano par les Fonderies Deberny et Peignot.
L'impression en Didot romain corps 11 sur papier vélin des Papeteries de Rives a été exécutée par la Société Générale d'Imprimerie et d'Édition (71, rue de Rennes), à Paris et terminée le 22 mars 1929.
Le tirage, à 526 exemplaires, comprend : 100 exemplaires, numérotés de I à C, pour les membres de la Société, 25 exemplaires, lettrés de A à Z, pour M. S. P. Koczorowski, 100 exemplaires numérotés de CI à CC, 300 exemplaires numérotés de 1 à 300, un exemplaire sur papier des Manufactures Impériales du Japon, imprimé au nom de Mademoiselle Marie Mickiewicz, petite-fille du Poète.

EXEMPLAIRE SUR ALFA

LE COMITÉ DE DIRECTION

DE LA

SOCIÉTÉ POLONAISE DES AMIS DU LIVRE A PARIS

(POLSKIE TOWARZYSTWO PRZYJACIÓŁ KSIĄŻKI W PARYŻU)

fondée le 22 mars 1924

Stanisław Piotr KOCZOROWSKI, Président,
Marja RAKOWSKA, Secrétaire,
Bronisława MOŃKIEWICZÓWNA, Trésorière.

Membres du Comité :

Konstanty BRANDEL,
Wiesław DĄBROWSKI,
Jan Paweł PALEWSKI,
Bolesław PRZEGALIŃSKI,
Zygmunt L. ZALESKI.

www.ingramcontent.com/pod-product-compliance
Ingram Content Group UK Ltd.
Pitfield, Milton Keynes, MK11 3LW, UK
UKHW021644260726
13994UKWH00003B/1257